KB170135

간호사 마음 일기

간호사 마음 일기

글·그림 최원진

강안별

프롤로그

　나는 병원에서 간호사로 일하고 있다. 병원 근무를 마치고 집에 돌아오면 그림을 그리며 시간을 보내곤 한다. 그때부터는 현실이 아닌, 가상의 병원 이야기가 막을 올린다. 익명의 누군가가 용기 내어 이야기를 들려주면 나는 그 이야기를 풀어서 그림으로 표현한다.

　누군가의 경험담이 그림으로 그려져 수많은 사람에게 공개되면 모두 한마음 한뜻으로 반응을 해 준다. 그리고 본인이 겪은 이야기도 하나씩 들려준다. 처음에 용기를 냈던 이는 다른 이들의 공감과 이야기에 치유를 받고, 다 같은 소리를 내 주었던 이들도 공감과 위로를 받는다.

마음을 어루만지는 이야기 중 오래 기억에 남는 사연이 있다.

첫 번째로는 코로나에 걸린 치매 할머니에 대한 이야기이다. 약한 치매가 있는 할머니 한 분이 코로나19 감염 확진이 되어 들어오셨다. 할머니는 입원하실 때 가방을 하나 꼭 껴안고 있었다. 병동에 들어가서 자리를 잡자 가방을 열고 봉투에 바리바리 싸 온 돈을 꺼내셨다. 그리고 나에게 '본인은 돈이 이렇게 있으니 절대 자식들에게 연락하지 말라'고 하셨다. 치료비는 무료니까 돈 걱정은 하지 말라고 말씀드렸지만 할머니는 계속 걱정을 하셨다. 간호사실로 들어와 CCTV를 통해 병동 상황을 보는데, 할머니가 계속 돈을 세고 있는 모습이 보였다. 짠한 마음에 결국 담당 간호사가 들어가 할머니에게 다시 설명을 드렸다. 그리고 분실 위험도 있고 세균 감염이 우려되어 할머니가 갖고 계신 돈을 소독제로 닦은 후 밀봉해서 드렸다.

치매가 있어 본인 상황에 대한 이해력이 떨어졌는데도 병원에 입원했으니 자연스레 돈 걱정, 자식 걱정을 하던 그 할머니가 오래도록 기억에 남는다.

내가 나이가 들어갈수록 부모님도 그만큼 나이가 든다. 그 모습이 이제 매일 부모님을 보는 내 눈에도 보이기 시작해서 그런지, 이 사연은 너무 가슴이 아프고 시간이 지나도 기억에 남는

다. 어떤 사랑이든 자식을 향한 부모의 짝사랑을 이길 수도 없고 비교할 수도 없다.

두 번째 사연은 선배에게 괴롭힘을 당한 이야기이다. 연차가 낮은 간호사가 다음 근무자인 선배 간호사에게 인계를 하는데, 선배 간호사는 뭔가 마음에 안 든다며 본인이 퇴근할 때까지 집에 보내지 않았다는 것이다. 데이 근무는 3시가 정시 퇴근인데 밤 11시까지 퇴근을 하지 못했다는 것이다.

사실 개인적으로 이 사연 외에도 괴롭힘을 당한 사연은 아주 다양했다. 처음엔 화가 났지만 이제는 왜 그렇게까지 했는지 의문이 더 크다.

그래서 가끔 저렇게 약자를 괴롭힌 사람을 군중이 많은 무대 한가운데 세워 놓고 물어보고 싶다. "대체 왜 그런 거예요?" 그럼 뭐라고 대답을 할까? 우물쭈물하며 미안하다고 말을 한다면, 최소한 본인의 행동이 얼마나 유치한지 알고 있다는 것일까?

이해할 수 없는 사람들 틈 속에 무뎌져 가는 우리의 모습이 묘하다. 적응을 한 건지 아니면 살아남으려고 모른 척을 하는 건지. 직장생활을 하면서 아등바등 살아남는 모습을 모른 척하고 지내다가 만화를 그리며 위로받고 있는 건 틀림없다.

이렇게 다양한 사연을 접하고 만화로 풀어가며 그로 인해 모인 많은 사람들로 내 마음은 공감과 위로를 얻었다. 나 또한 다른 직장인들처럼 상처도 받고 고민도 많은데, 내 만화를 보는 사람들의 반응을 보고 정확히 규정할 수는 없지만 뭔가 모르게 안정을 찾게 된다. 아마 이것 때문에 지금까지 인스타그램에 업로드를 꾸준히 할 수 있었던 게 아닐까 싶다.

더 많은 사람이 나와 같은 감정을 느끼고 위로받기를 바라는 마음에 책을 출간하게 되었다.

2장 생각이 많아지는 날

3장 언제나 그렇게

설렘이 가득한 그날

메리 크리스마스

올해 25살이요.

25살이면 매일이 크리스마스처럼 아름답겠네요. 하루하루가 크리스마스처럼 빛나길 바라요.

사람 때문에 힘든
신규 선생님 계신가요?

굳이 저런 말을 해야 하나,
왜 저럴까, 내 잘못인가 싶기도 하죠.

야!

난 왜 이럴까
뭐가 잘못된 걸까, ㅇㅇ

17

시간이 지날수록 상처되는 말을
안 하는 모습을 보며 그때
일부러 그랬단 걸 알게 되면서
어쩌나 더 싫어지던지...

예전 같으면
벌써 뭐라
했을 텐데...

매순간 힘들었던 그때보다
그 사람이 더 싫어졌어요.

그런데 싫다고 별 수 있나요?
적당히 웃어는 줘야죠.

그 모습이 아마
신규 선생님에겐
처음부터 적응 잘한,
일 잘하는 사람으로
보이겠죠.

돌이켜보면 그 사람 때문에
울고 자책하고 부정적인 생각을
했던 시간이 얼마나 아까운지…

주위에서 그런 사람 때문에
그렇게 힘들어할 필요 없다,
상대방은 신경도 안 쓴다 했을 때
누구나 하는 형식적인 말 같았어요.

울지마…   너무
          힘들어…

나를 사랑하는 사람이 해주는
그 형식적이고 당연한 말들이
정답이란 것을 알았으면 좋겠어요.

그리고 또라이 같은 사람
세상이 다 알아요. 그 사람 다
싫어하고요. 그러니 자책하며
힘들어하지 마세요.

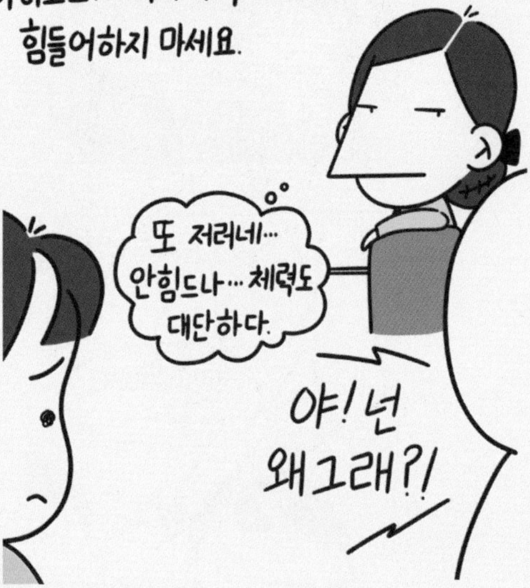

일진 놀이

다음 날

넥슬라이스

16:30

17:00

31

22：30

아부지와 술 한잔

가지가지

다음 날

나이 먹고 아주
가지가지 하는구나.

귀싸대기

화장실
가시네…

욕실슬리퍼는
왜…?

Hi

천사의 선물

짜증나고 귀찮았을 상황에서 오히려
웃으며 격려해 준 날개 없는 천사분이었어요.
몇 년이 지난 지금도 그분이 가끔 생각이 납니다.
건강하게 잘 지내시죠?

책임

잠시 후

선생님! 잠깐 나 좀 봐!

방으로 들어와!

선생님! 성희롱 한다고 다른 병동에 인계줬어?! 그런 인계를 왜 해?! 그쪽 병동에서 너가 한 인계듣고 바로 간호회의 안건에 올렸어! 그럼 내가 뭐가 돼?

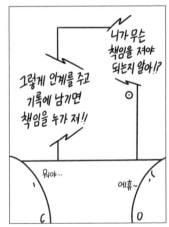

너가 무슨 책임을 져야 되는지 알아!?

그렇게 인계를 주고 기록에 남기면 책임을 누가 져!!

뭐야…

에휴~

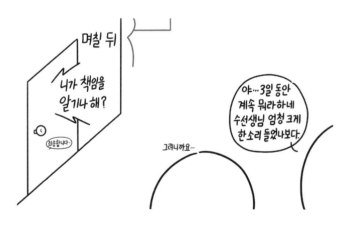

일이 커진 거 알지? 그걸 굳이 인계했어야 됐나? 본부까지 올라갔어요. 선생님~

아…
간호부장까지…

내가 진짜 잘못한 건가…
이게 이렇게 크게 될 일인가?
그냥 같은 간호사를 보호하기 위해
했던 행동일 뿐인데 질책과
욕을 먹어야 되는 건가?

하…

N분의 일

71

비타500

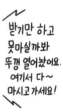

시간이 지난 지금도
그때 그 음료수 맛을
잊을 수가 없어요.

딱 내 스타일

왜 이렇게 과민반응을 해

HAPPY BIRTHDAY

하… 난 왜이리 일을 못하지?
쉬운 일만 하는데… 바보인가.
나는 피해만 주는 존재인 거 같아…

신규선생님!
잠깐 와보세요!

!!네?네!

뭐지뭐지뭐지
뭐지뭐지?

저.. 선생님 무슨 일이세요?

뭐지뭐지뭐지 왜 부른거지? 뭘 잘못한 거지?

얼른 와~

오늘 생일이라며!?

일도 못하는 어리버리 신규였던
저를 위한 케이크 하나가 저에겐
정말 큰 감동이었어요.

덕분에 지금 저는 제 몫을 해내는 병동
구성원으로 잘 적응했어요. 어딜 가든 저희
병동선생님들 같은 분들은 못 만날 것 같아요.

진실된 마음

그 당시에 저는 환자의 찝찝함보단 빨리 일해야 된다는 생각에 환자분이 원망스러웠어요.

얼마 후 다시 주사 위치를
바꿔야 되는 날이 됐어요.

그 환자분께 고마운 마음과 너무 미안한 마음에
간호사실에서 주저앉아 울고 말았어요.
성장해 가는 저를 이해해 주고 따뜻하게 대해 준
6년 전 그분을 아직도 잊지 못합니다.

그래도 안 된다

"'왜 도망가세요?

아빠…
딸 보러 왔다고
하면 되잖아…

그날 밤

2장

생각이 많아지는 날

딸 생각

팬티몬

왜 저럴까.

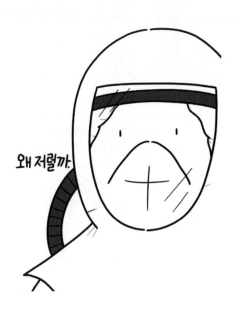

내 물을 받아랏!

담배의 유혹

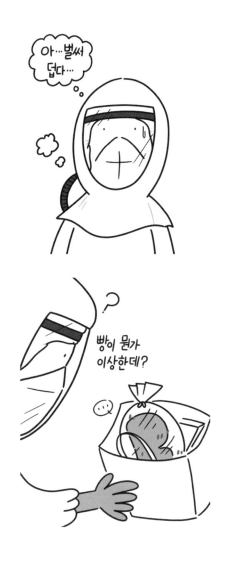

엄마가 보고싶어요

투병 5년째인 말기 암 환자인 저희
엄마가 갑자기 발작을 일으키며 쓰러졌어요.

일주일 만에 간신히 의식을 찾았지만
길어야 한 달이라는 시한부 판정을 받았어요.

하지만 병원에서는 더 이상 해 줄 것이
없다며 다른 병원을 알아보라고 했어요.

갑자기 이
시국에 병원을
어떻게 찾지?

알았어~아빠.
병원 알아볼게.

아빠!

엄마!
이거 안 돼!

앙!

저희는 3차병원이라
치료목적이 아니면 입원이 불가능해요.

저희 호스피스 병동은 지금
대기순위가 기순위라
두 달 이상 걸려요.

저희 의료원은 지금
코로나 환자 외엔 안 받아요.

아...

저희 요양원은
면회가 아예 금지예요.

엄마···엄마···
보고싶어···
안 힘들어? 엄마···

임종을 지킬 수 있을까요?
지금 코로나 때문에 옆에 있어 주지
못한다는 걸 엄마는 알까요?
우리도 엄마가 너무 보고싶단걸 알까요?

코로나로 답답하고 힘들죠?
끝이 보이지 않는 싸움 같아요.
그래도 지금까지 잘 해왔잖아요.
모두를 위해 가족을 위해 나를 위해
힘내요.

먹지 마

형님들

불쾌주의

환자가래

자식 걱정

자식들한테
돈내라 하지 마.

강약약강

오늘 내가 신규선생님 하는 거
계속 봐줄 거예요 우리 병동은
인계가 없지만 선생님은 아직
신규니까 인계해줄 거예요.

물론 독립했지만
아직은 신규니까…

네…

오늘은
안바쁘겠다.

신규선생님은
인계 잘 받고있나…

…

신규선생님
인계할게요.

…

신규선생님...

잠시 후 근무 중

약 줄 때 설명하는 거 알죠?

아...

아...저 이 약 몰라서 설명 못해요.

아...

병원 컴퓨터에 클릭만 해도 설명
다 나와있는데 뭔 소리야 진짜…

안녕하세요.

신규랑 같이 일하는데 안 힘들었어?

다음근무 선생님 →

괜찮았어요~ 신규선생님이 인계 줄 텐데 제가 더 긴장되네요.

선생님~ 인계할 거 다 준비했어?

인계요?

어?어··· 신규들은 인계하잖아.

아··원래 그런거 안했는데···

?

147

뭐야... 사람 봐가면서 행동하네.
나도 또라이처럼 행동해야 하나?

간호사 협박

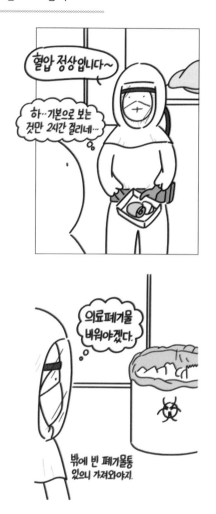

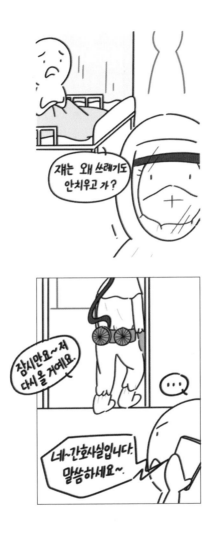

보호자 분의 마음은 다 이해합니다.
하지만 저희에게 욕이나 막말은
하지 말아 주세요.

죄송합니다…

저희는 단 한 번도 아이들을
함부로 대한 적이 없어요.
한번 더 생각하고
조심하며
간호하고 있어요.
제 가족에게
두번 이상 찌르면
저희도 마찬가지로
마음이 좋진 않겠죠.

보호자분…

감사했던 친절

그리고 그 새벽, 어딘가에 계속 전화를
하더니 결국 자동유축기를 구해오셨어요.

이후에도 시간마다 오셔서 괜찮냐고
물어보시고 유축기도 소독해서 주는 등
폐렴으로 입원한 병동에서 다시는 경험하지
못할 친절의 세계를 만났습니다.

아파서 입원했었지만 마음은 봄이었어요.
일년이 지난 지금도 그 따뜻했던
시간을 잊을 수 없어요.

병원비 흥정

퇴근 길

이번 역은~

말도 안되는 컴플레인, 모든 일을 간호사 탓으로
돌리는 사람들, 손까지 떠는 후배간호사의 모습이
떠오르며 생각지도 못하게 너무 큰 상처가 됐어요.

열차가
들어오고 있습니다.

간호사는 의료행위를 하는 사람이지
화풀이 대상이나 병원비를 깎는데
이용하는 수단이 아닙니다.

어떻게 해야 될까요

최근 제가 있는 부서에서 인사이동이
있었어요. 다른 부서에서 선생님들이 오셨어요.

인사이동 후 분위기가 많이 바뀌었어요.
다른 부서에서 온 선생님들이 신규를
대하는 방식, 생각이 다르거든요.

잘해줘도 소용없어요. 어차피 나갈 애들은 잘해줘도 나가고 버틸 애들은 버텨요.

신규 트레이닝을 타이트하게 해서 따라오는 간호사만 남게 하자 주의입니다.

무섭기로 소문난 부서에서 와서 그런가 얄짤없네...

한달밖에 안됐는데...

신규야!! 이거 언제 할 거야? 지금 뭐해? 이해가 안 되는데? 우선순위 좀 생각해! 지금 일한 지 한 달이나 됐잖아. 일 좀 잘해!

아주 냉정하게 일적인 면만 본다면 틀린 말은 아니에요.

그런데 너무 힘들어요. 들어오면 전부
그만두고 그만큼 다시 신규들이 들어옵니다.

야.. 올해만 해도
신규만 거의 20명은
그만둔거 같아.

이게 뭐야.. 꼭 분위기를
이렇게 만들어야 돼?

바쁘다.
바뻐~

신규 가르쳐야
되는데 너무
바쁘다.

부서 내 인원으로 3교대 하는 것도
힘든데 모든 인원이 신규 간호사 1명씩
옆에 두고 트레이닝까지 해요.

아..신규선생님 이거 배웠죠?

아..그건 아직 안배웠어요.

누구한테 뭘 가르쳤는지도 모르겠다.

계속되는 신규교육에 힘들어요. 가르치면 나가고 또 들어오면 가르치고... 담당 환자 수는 같은 데 옆에 신규까지 있으니 너무 힘들어요.

울컥

뭐야 이게? 신규선생님 진짜 뭐하는 거야?

요즘은 신규에게 화가나요. 신규가 못한 일 해주고, 봐주고, 가르치고, 실수한 거 해결하고, 참는 것이 지칩니다.

나를 희생해서 가르친다고 병원에서
대우를 해주는 것도 아니잖아.
언제까지 이렇게 해야돼?

그런데 난 신규들에게 잘해주고
버티게 하고 부서 분위기를 좋게
만들겠다고 다짐했었는데…
이러면 다른 병동에서 온 선생님들과
다를 게 없잖아…

어떻게 해야 되나요?
뭐가 맞는 건가요?
답이 있을까요?

마스크 내놔

왜 저한테 뭐라 하세요

인계 중

인계 끝난 후

크리스마스의 선물

20대 후반에 뇌종양과 뇌혈관질환을 진단받았어요. 평생 큰 병원 근처에는 가 본 적도 없이 튼튼했는데 말이죠.

내가 뇌종양...?

뇌종양이 있어요. 여기 보면 뇌혈관도 안 좋아요. 우선은 종양이 더 급해서 수술해야 돼요.

환자가 됐네...

그렇게 저는 수술을 겪으며 힘든 시간을 보냈어요. 20대인 제가 큰수술을 받다니...

힘들어... 힘들다. 아...

맞아요~

진짜요?ㅎㅎ

하지만 친절하고 모든 일에 능숙했던 많은 분들, 특히 환자들과 가장 가까이 있던 간호사 선생님들 덕분에 덜 무섭게 병원생활을 잘 했어요.

인생 처음으로 환자가 되어 가 보았던 병원
그곳에서 만났던 의사. 간호사
모두 평생 잊지 못할 것 같아요.

서러움

당장 간호사 바꿔주세요! 환자 생각을 하는거예요?

보호자분께서 어떤 마음으로 그러시는지 알아요. 당연히 환자가 걱정되겠죠.

여기 책임자 누구야?! 이게 뭐하는 거야!

죄송해요...

보호자분. 진정하세요. 환자에게 피해가 안 가도록 조심하고 있어요.

그런데 눈앞에서 그런 말을 들으니 너무 서럽더라고요. 정말 열심히 일한 것뿐인데…

사실 병가를 쓸 수 없는 병원 문제지만 모든 원망과 불만을 간호사가 들어야 되네요. 정말 서럽습니다.

그리움 그리움 그리움

199

잠시 후

끝이 없는 기다림…
모두가 지친 마음…
하루 빨리 모두에게
위로가 되는 날이 오길 바랍니다.

언제나 그렇게

할부지

다음 날

마지막 날이니 파티하고 가.

고…고맙습니다!!

…

케이크네… 그때 그 분이 생각나네…

그 후 10년이 흐르고
저는 17년차 간호사가 됐어요.

10년도 지난 일이지만
아직도 기억에 남아요.
할아버지, 건강하게 잘 지내시겠죠?

궁금하네···

저 할 줄 모르는데요

왜 저래

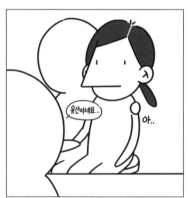

나 수선생인데~ 너가 …그랬니?

…

아…걔가 아직도 철이 없네요. 공과 사는 구분해야죠.

너무해. 진짜 최악인 사람이야.

그 길로 사직하고 지금은 너무 소중한 딸, 아들을 키우고 있어요.

조심~

누나~

지금 그분은 수선생님이 됐다네요.
시간이 지나도 그때 감정은
오늘 일처럼 생생하네요.

BANG!

밥맛 꿀맛

일 다 해

다음 날 아침

내가 그렇게 신규때
힘들다 힘들다 해도
가만히 있더니…

우리 사이

왜 그러니

며칠 후

신규선생님, 이 약을 설명하고 사인 받아 오세요.

에잇 모르겠다!
알아서 하세요><

그때 그 간호사는 어디로

보호자가 기억하는 간호사가 됐는데
정작 환자를 기억 못하는 간호사가 됐네요.

환자를 간호하는 건지
입퇴원시키는 일만
하는 사람인 건지…

어느 날

또 다른 어느날

따끔학과

거 간호사들은 나이팅게일에게
처음 배운 말이 따끔~인가벼!!
어떤 간호사가 와도 다 똑같어~!

간호대학 따끔학과
수석 졸업생입니다.

여자 말은 안 들어

어떤 어른

퇴근 길

잠시 후

도둑이야!

이해할 수 없어요

아…

77년차가 된 지금도 그때
그 선생님의 표정이 생생해요.

신규선생님!
이거 설명 꼭
해주세요!!

네!

임신 막달에 신규였던 저와
일하는 게 얼마나 힘들었겠어요.

이번에 ○○선생님 임신해서
야간근무 안 하잖아.
근무 바뀌니까 확인 꼭 해.

당연히
바꿔야지.

예전에는 임신해도
다 시켰는데 진짜
힘들었겠다…

그래도 그렇게 말을
했어야 했을까 싶어요.
신규가 계속 들어와도 그런
말이 나오칠 않거든요.

신규선생님
열심이시네.

치우는 사람

으아악

같이 가는 분위기

자긍심

제왕절개로 들어갔던 수술실.
차가운 수술대, 새우자세, 저릿해 오는
척추마취부터 덜덜 떨렸답니다.

그렇게 태어난 귀여운 둘째는
나온 지 49일이 되던 날.
급성림프모구백혈병을 선고받았어요.

우여곡절의 6개월을 보낸 후 이식을
받기 위해 무균실에 입원한 다음 날…

너무 황망하니 눈물도 나지 않더라고요.

수선생님..어떡하죠?
어떡해야 되나요?

어머니
힘드시죠..

악몽인가요?
우리 애가...
왜 아픈 거죠?

몇 개월 뒤에 조혈모세포를 이식하려고
중심정맥관 시술을 받을 때, 매번 아이를
추운 처치실에 눕히고 나올 때
손을 잡아주고 위로를 해준 것도

둘째가 중환자실에서 하늘나라로 갈 때
차가워진 아이에게 병원복이 아닌
새 꼬까옷을 입혀준 것도

셋째 출산 등 피할 수 없는 수술과 마주
했을 때 먼저 손을 잡아주고
안정을 찾을 수 있게 도와준 것도
모두 간호사 선생님들이었어요.

저에게 간호사 선생님들은
때론 친정엄마이고, 때론 친구고
때론 의지할 신이었던 것 같아요.

많은 간호사 선생님들이 자신의
직업에 자긍심을 느끼면 좋겠어요.
정말 고맙습니다.

엄마!

응~

간호사 마음 일기

초판 2쇄 인쇄 2022년 10월 21일
초판 1쇄 발행 2022년 2월 21일

지은이 최원진
펴낸이 김동혁
펴낸곳 강한별 출판사

기획   서가인
책임편집 김지혜
일러스트 최원진
디자인   방하림

출판등록 2019년 8월 19일 제406-2019-000089호
주소 경기도 파주시 탄현면 헤이리마을길 21-7 3층
대표전화 010-7566-1768 **팩스** 031-8048-4817
이메일 wjddud0987@naver.com

ISBN 979-11-92237-00-8 (03810)